ALSのおばちゃんの話

えつこさん と ムラサキ公園

作　すみ　たまき
絵　いずもしげこ

1

ムラサキ公園のとなりに住《す》んでいるえつこさんは、ピアノの先生をしています。天気がいい日は、歌を口ずさみながら公園を散歩《さんぽ》するのが日課《にっか》です。

えつこさんは公園で出会う子どもたちに声をかけて、おしゃべりを楽しみます。みんなの名前を覚《おぼ》えて、話しかけてくれるので、子どもたちも自然《しぜん》とえつこさんと話をするようになります。

学校であったことや、今はやっていることまで知っているので、子どもたちもえつこさんとのおしゃべりは、とっても楽しい時間でした。

2

ある日、五年生のみさきちゃんは、学校でつらいことがあり、ランドセルを背負《せお》ったまま公園のベンチにうつむいてすわっていました。

えつこさんはみさきちゃんのとなりにすわり、背中《せなか》をやさしくさすりました。いつもはおしゃべりなえつこさんですが、この日はずっとみさきちゃんの話を聞いていてうなずくだけでした。

えつこさんはどうすればいいのかなんて教えてくれなかったけれど、そのかわりに、公園にやってくる小鳥の話をしてくれました。

小鳥のさえずりを聞いていると、みさきちゃんは、なんだか気持ちが楽になっていきました。

数日後、みさきちゃんはおなかが痛《いた》くて学校を休みました。そして、お母さんに内緒《ないしょ》で家を出て、ムラサキ公園にやってきました。ベンチにすわって小鳥の声を聞い

ていると、えつこさんが来て横にすわりました。

えつこさんは全部知っているかのように何も聞きませんでした。手には、こどもミュージカルのチケットを持っていました。歌が大好《だいす》きなみさきちゃんに、「元気になる薬《くすり》だよ」と、ミュージカルのチケットをくれました。

日曜日、みさきちゃんはお母さんとこどもミュージカルを見に行きました。すると、ピアノ教室に通っているみどりちゃんが来ていて、二人はいっしょにならんでミュージカルを楽しみました。

次の日、みさきちゃんは学校で、みどりちゃんとミュージカルの話をしました。そして、「いつかミュージカルに出てみたい」と、夢《ゆめ》の話は続《つづ》き、その日から二人は仲《なか》良《よ》しになりました。そして、みさきちゃんは学校が楽しくなりました。

3

六月のある日、三年生のよしとちゃんはムラサキ公園のベンチにしょんぼりとすわっていました。大事そうにかかえた箱の中には、ハムスターが入っていました。ハムスターのモッチーを飼《か》って二年半。よしとちゃんにとって、はじめての身近な命《いのち》との別《わか》れでした。お母さんにモッチーを「燃えるごみの日に出す」と言われたことがいやだったのです。

えつこさんは、そんなよしとちゃんの姿《すがた》に気づいたのか、公園にやってきて、よしとちゃんのとなりに、そっとすわりました。

よしとちゃんは、箱を開けて、えつこさんに目を閉《と》じて動かないモッチーを見せました。

「よしとちゃんと仲良くしてくれてありがとう。天国へ行っても、よしとちゃんのこと、忘《わす》れないでね」

と、えつこさんはモッチーをやさしくなでてくれました。

「亡《な》くなったモッチーの心はもう天国に行っているよ。土にかえしてあげましょう」

と、えつこさんはやさしく言いました。そして、裏庭《うらにわ》に案内《あんない》し、アジサイの木の下に埋《う》めて、いっしょにお祈《いの》りをしてくれました。そして、天国に向かって歌を届《とど》けようと、よしとちゃんが好きな歌『ビリーブ』を一緒《いっしょ》に歌ってくれました。

4

みさきちゃんは中学生になりました。

近頃《ちかごろ》はムラサキ公園で遊ぶことはあまりありませんが、桜《さくら》の季節《きせつ》になるとやはり足を運んでしまいます。みさきちゃんの目に、満開《まんかい》のソメイヨシノに向かって両手で杖《つえ》をついて歩いている女の人が見えました。

「みさきちゃん」

聞き覚えのある元気な声が聞こえてきました。すぐには分からなかったけれど、その声はまぎれもなくえつこさんでした。みさきちゃんは、友だちのみどりちゃんが「えつこ先生は病気だから、ピアノ教室をかえた」と言っていたことを思い出しました。

「ちょっと脚《あし》が弱くなって、杖《つえ》がないと歩けなくなったの」

と、えつこさんは笑《わら》っていました。

久《ひさ》しぶりの再会《さいかい》でしたが、いつもと変《か》わらないえつこ

郵　便　は　が　き

お手数なが
ら切手をお
貼り下さい

5 2 2-0 0 0 4

滋賀県彦根市鳥居本町 655-1

サンライズ出版 行

〒
■ご住所

ふりがな
■お名前　　　　　　　　■年齢　　　歳　男・女

■お電話　　　　　　　　■ご職業

■自費出版資料を　　　希望する ・ 希望しない

■図書目録の送付を　　希望する ・ 希望しない

サンライズ出版では、お客様のご了解を得た上で、ご記入いただいた個人情報を、今後の出版企画の参考にさせていただくとともに、愛読者名簿に登録させていただいております。名簿は、当社の刊行物、企画、催しなどのご案内のために利用し、その他の目的では一切利用いたしません（上記業務の一部を外部に委託する場合があります）。

【個人情報の取り扱いおよび開示等に関するお問い合わせ先】
サンライズ出版 編集部　TEL.0749-22-0627

■愛読者名簿に登録してよろしいですか。　□はい　□いいえ

ご記入がないものは「いいえ」として扱わせていただきます。

愛読者カード

ご購読ありがとうございました。今後の出版企画の参考にさせていただきますので、ぜひご意見をお聞かせください。なお、お答えいただきましたデータは出版企画の資料以外には使用いたしません。

●書名

●お買い求めの書店名（所在地）

●本書をお求めになった動機に○印をお付けください。

1．書店でみて　2．広告をみて（新聞・雑誌名　　　　　　　　）

3．書評をみて（新聞・雑誌名　　　　　　　　）

4．新刊案内をみて　5．当社ホームページをみて

6．その他（　　　　　　　　）

●本書についてのご意見・ご感想

購入申込書　小社へ直接ご注文の際ご利用ください。
お買上 2,000 円以上は送料無料です。

書名　　　　　　　　（　　　冊）

書名　　　　　　　　（　　　冊）

書名　　　　　　　　（　　　冊）

さんです。

「中学校は楽しいかな」

気づかいながら話しかけてくるのも、前とちっとも変わりません。


みさきちゃんが、勉強があまり好きでないことも、きっと知っているはずです。

「今やれること、今しかできないことは、いっぱいあるよ。勉強だけじゃなくても、何でもいいから、一生懸命《けんめい》やってごらん。無理《むり》しすぎるのはよくないけれど……。できると思ったら、ちょっとくらい無理してもいいのかな」

と、明るくはげましてくれました。

その後で、つぶやくような声が聞こえてきました。

「おばちゃんはピアノが弾《ひ》きにくくなって、今は本を読んで過《す》ごしているの。本が読めなくなったらどうしようかな。その時にそなえていろいろ考えているのよ」

みさきちゃんは、気になったけれど、えつこさんに病気のことは聞けませんでした。風が吹《ふ》き、桜吹雪《ふぶき》が二人を包《つつ》みこみました。

「今年の桜はとってもきれい。来年の桜、再来年《さ》の桜、三年先の桜、また、ここで見たいなあ」

桜を見上げるえつこさんの顔は、このときは少し寂《さび》しそうに見えました。

5

イロハモミジが赤く染《そ》まるころ、みさきちゃんの妹のれいちゃんが数人の友だちとムラサキ公園に来ていました。そこに、車いすに乗ったえつこさんが、だんなさんに押《お》してもらってやってきました。

子どもたちは、楽しそうにおしゃべりしながら落ち葉を拾っていました。赤や黄、色あざやかな桜の葉っぱをふむと、ザクッザクッとおもしろい音。もみじの葉っぱは、サクサクッとやさしい音。子どもたちは落ち葉をかき集めた葉っぱの山にのって、落ち葉を両手で投げ始めました。

「落ち葉花火だ」

と、友だちに向かって投げて遊んでいます。

れいちゃんはえつこさんにかけよって、

「宝物《たから》あげるね」

と言って、えつこさんの手のひらに真っ赤なもみじの葉っぱを置《お》きました。

それを、見ていたほかの子どもたちも、みんなえつこさんのところに集まり、見つけた宝物をわたしました。

気づけばえつこさんの両脚には、秋色のひざかけがかけられていました。

「ありがとう」

えつこさんは、幸せそうに笑っていました。

するとしょうたちゃんが、遠慮《えんりょ》することなくえつこさんに向かって聞きました。

「おばちゃん、何で車いすに乗っているの」

まわりのみんなは悪いことをしたかのように静《しず》かになりました。

「おばちゃんはね。体がだんだん動かなくなっていく病気なの。それで、歩けなくなったの。手もだんだん動かせなくなってきたしね」

「おばちゃん。足が悪かったら家でじっとしていたらええやんか。そのほうが楽やで。何で、ここに来たの」

「しょうちゃん。何でそんなこと言うの。おばちゃんに

失礼《しつれい》やで」

　さすがに、れいちゃんも、しょうたちゃんに注意しました。

　えつこさんは、あわてるれいちゃんの顔を見てにっこり笑いました。

「気にしなくていいよ。不思議《ふしぎ》に思うことは何でも聞いたらいいよ。おばちゃんはね、ムラサキ公園が好きなの。ここに来て、風を感じ、小鳥の歌を聞いてるの。空が青くすんでいる日は最高《さいこう》の気分なの。こうして病気になってどこへも行けなくなると、この公園を散歩することが、今までよりもっと楽しみになってきたの。

でも……こうやってしゃべれるから幸せだけど、そのうちしゃべれなくなったら、つらいやろうなあ……。

でも、こうやってみんなが、おばちゃんのことを心配してくれると思ったら、力がわいてきた。ありがとう」

その時、れいちゃんは、えつこさんが言うことの意味はよく分かりませんでした。

6

時がたち、ムラサキ公園で遊ぶ子どもたちの顔ぶれは変わっていきました。えつこさんは、過ごしやすい日は車いすを押してもらって、公園を散歩しています。車いすは普通《ふつう》の車いすから、テーブルつきで背もたれが長くて、ちょっと大きめの車いすに変わっていきました。

えつこさんはえつこさんのままではあるけれど、えつこさんに話しかける子もいなくなり、えつこさんも子どもたちに話しかけることはなくなりました。

夏のはじめ、今年も公園のかたすみには、紫草《ムラサキ》の小さな白い花がいっぱい咲いていました。

7

月日は過ぎ、れいちゃんは中学二年生になり、近くの病院で一週間、職場体験《しょくばたいけん》することになりました。その病院には、ＡＬＳ（筋萎縮性側索硬化症《きんいしゅくせいそくさくこうかしょう》）という体中の筋力《きんりょく》が弱くなる病気で入院している女の人がいることを看護師《かんごし》さんに聞きました。

その人は手を動かすこと、食べること、そして呼吸《こきゅう》する筋力も弱くなり、今は人工呼吸器をつけています。

いつも明るく人の話を聞いてくれ、ときにははげましてくれるそうです。話を聞いてもらった人は、すっきりした気持ちになるというのです。

しかもおしゃべりはパソコンですると聞き、どんな人か気になりました。


職場体験三日目、自由時間ができたので、その人の病室をのぞいてみました。見覚えのある顔でした。

れいちゃんは、思い切って声をかけてみました。

「えつこさんですか。わたし、ムラサキ公園でよく遊んでいた、れいです」

えつこさんはれいちゃんの顔を見てうなずきました。

そして、えつこさんはパソコンの画面をしばらく見つめていました。視線《しせん》入力という方法で、五十音表を見て文字を入力していたのです。

すると、とぎれとぎれに、パソコンから声が聞こえてきました。

「会えて　うれしい。　れいちゃん　ありがとう」

えつこさんは、にっこり笑っていました。

会えてうれしい

8

えつこさんは病院でのリハビリを終え、自宅《じたく》に帰って家族の介護《かいご》で過ごすことになりました。平日の昼間は訪問看護師《ほうもんかんごし》さんやヘルパーさん、さらにえつこさんの友だちが助けに来てくれました。それでも痰《たん》の吸引《きゅういん》などの医療行為《いりょうこうい》は看護師さんや家族しかできないきまりがあるため、家族はあまり休めない日が続きました。さらに、痰《たん》がつまって苦しくなることが多くなると、自宅で過ごすことに限界《げんかい》を感じるようになりました。

えつこさんは遠い病院に入院しました。そこは自然《しぜん》に囲《かこ》まれた病院で、窓《まど》をあけると小鳥の声が聞こえてくるところでした。一週間に一度は、だんなさんのよしゆきさんが会いに来てくれ、家のことや地域《ちいき》の話、さらには全国のニュースなど、いろいろ話をしてくれます。そんなよしゆきさんの顔を見ているだけで、楽しくなります。

病院での生活の中でも、えつこさんは、大好きな音楽を聴《き》いたり、映画《えいが》を見たり、日記を書いたり、メールやSNSを使っていろいろな人とつながっています。話すことができなくなった今も、パソコンで自由におしゃべりができることは楽しい時間です。公園で子どもたちと会えなくなったけれど、病気になってから知り合った人もたくさんいます。時間がかかっても、読んだこと、見たこと、感じたことを、視線《しせん》入力で文字にしてメールやSNSで伝えられます。

えつこさんのもとに、桜の便《たよ》りが届くようになりました。一番先に知らせがきたのは、アメリカで暮《く》らす友人からのメールでした。そこには、ワシントンの満開のソメイヨシノの画像《がぞう》がありました。日本の桜が遠いアメリカで咲いているのを送ってくれる友だちがいることに幸せを感じました。

ほかの友人からも、メールやSNSで各地《かくち》の桜の画像が入ってくるようになりました。いろいろな場所の桜の便りが毎日届きます。みんなは、「えつこさんが明るく生きていることに勇気《ゆうき》をもらえる」と言ってくれます。

その言葉でえつこさんは、またはげまされるのです。

今日はよしゆきさんが来る日です。いつもの時間より少し遅《おく》れて、病室に入ってきました。

寝《ね》たきりで外の景色《けしき》が見られなくなったえつこさんによしゆきさんは、カメラを出して、ムラサキ公園の桜を見せてくれました。小さな画面ですが、満開の桜がいっぱい広がっていました。

よしゆきさんがカーテンを開けると、満開の桜が風にゆらいでいるのが見えました。そして、よしゆきさんの頭についていた桜の花びらが、ふわりとえつこさんの目の前で舞《ま》いました。

えつこさんは、視線《しせん》入力で伝《つた》えました。

「今年も　たくさんの　さくらを　見られたね」

あとがき

この絵本に出てくるえつこさんがかかった病気は、ＡＬＳ（筋萎縮性側索硬化症《きんいしゅくせいそくさくこうかしょう》）という、筋肉《きんにく》を動かす運動神経細胞《しんけいさいぼう》が侵《おか》される難病《なんびょう》です。手足や舌《した》など体中がだんだん動かせなくなり、食べることも、呼吸《こきゅう》することもできなくなっていきます。発症《はっしょう》のしかたや進行の速さ、程度《ていど》は人によって違《ちが》いがありますが、症状《しょうじょう》が進んでも、見たり、聞いたり、感じたりすること、記憶《きおく》したり、考えたりすることは衰《おとろ》えるわけではありません。そのため、体が思うように動かなくなっても、人工呼吸器をつけても、「痛《いた》い」「かゆい」「重い」「苦しい」という身体的《てき》な苦痛《くつう》は残《のこ》されたままですが、いろんな喜びは感じられます。

イギリスの物理学者ホーキング博士《はかせ》（一九四二～二〇一八）は学生時代にＡＬＳになりながらも、ブラックホールなどの宇宙《うちゅう》の研究を続《つづ》けられ、「車いすの天才物理学者」

としてとても有名です。

博士のような人は例外《れいがい》かもしれませんが、ＡＬＳになっても前向きに頑張《がんば》っている人はたくさんいます。私の友人の悦子《えつこ》さんもその一人です。この物語はフィクションですが、彼女《かのじょ》の生きる姿《すがた》から感じるものを大事にして作りました。

もちろん、彼女がＡＬＳと診断《しんだん》された時の悲しみは簡単《かんたん》に語れるものではありません。しかし、「自分の病気を意味あるものと受け止め、多くの人に支《ささ》えられている生活の中に、不自由《ふじゆう》なつらさ以上の喜《よろこ》びがあることを伝《つた》えたい」という彼女の気持ちが、生きる力になっているそうです。

ＡＬＳは進行性の病気のため、病状が進むと、人工呼吸器なしでは生きることができなくなる場合があります。「人工呼吸器をつけるかどうかは、とても悩《なや》む問題だけど、いろいろな理由で人工呼吸器をつけずに亡《な》くなられる方が多い」と、以前《いぜん》に彼女から聞いたことがあります。このことについて、彼女の気持ちを聞くと、返信《へんしん》メールには次のように書かれていました。

「呼吸困難《こんなん》になった時が寿命《じゅみょう》だと受け入れようと思ってたの。でも、肺活量《はいかつりょう》が減《へ》ってきて苦しくなるにつれて、苦しんで死ぬことが怖《こわ》くなってきたの。主人は『人工呼吸器をつけたら生きられるのに、そうしなかったら悔《く》いが残る』と言ってくれ、娘《むすめ》たちは『お母さんの選択《せんたく》を尊重《そんちょう》する』と言ってくれた。家族の言葉のおかげで、人工呼吸器をつける決心ができたの。家族が望《のぞ》んでくれたおかげで生きている。だけど、家族がいない人だって生きられる社会をつくってほしいなあ」と。

私が彼女の病気を知ったちょうどその時期に、俳優《はいゆう》の三浦春馬《みうらはるま》さんがＡＬＳの青年を演《えん》じた「僕《ぼく》のいた時間」というテレビドラマが放送されていました。そのドラマを見て、私はＡＬＳという病気について理解《りかい》することができ、彼女とも今までと同じように接《せっ》することもできました。彼女もまたドラマを見ていて、「人工呼吸器をつけて声が出せなくなっても意思疎通《そつう》できる手立てがあることを知って、不安《ふあん》の一つが減った」と、聞いています。

彼女の病気がＡＬＳだと知ってからは、大学時代の友人と声をかけ合って集まる機会《きかい》を多くもつようなりました。家族の方にも同行してもらい、岡山《おかやま》まで旅したこともあります。それは介護《かいご》に慣《な》れている友人が多くいたことが後押《あとお》しになったと思っています。

彼女は人工呼吸器をつける前から画面を見てまばたきするという、視線《しせん》入力の方法を練習し、パソコンで会話ができるようになりました。また、電子書籍《しょせき》を読んだり、映画《えいが》やネットを見たり、メールやSNSで多くの人と交流したりして過ごしています。

私はALSにより生じる体の不自由さは分かっていたはずでしたが、身体的な苦痛については全く理解できていませんでした。いつも膝《ひざ》を立てて寝《ね》ているのを不思議《ふしぎ》に思って聞くと「脚《あし》を伸《の》ばしているとつま先が地球に引っ張《ぱ》られて痛いからだよ」とか、私が手を握《にぎ》ったまま話し込《こ》んでいたら「手を握ってくれるのはうれしいけれど、その手が重たいのよ」と、教えてもらったことがありました。指が曲がったままだと痛くなることや、背中《せなか》や鼻の穴《あな》のかゆみがつらいことも知りました。訪問《ほうもん》看護や介護、リハビリのサービスを受け、他にも多くの人からの励《はげ》ましにより、今という時間を大切に生きているように感じます。私は彼女を通してALSの理解が深まりました。彼女はいつも笑顔で迎えてくれ、会うたびに私を含《ふく》め友人たちは、励《はげ》まされることばかりでした。

新型《しんがた》コロナウイルス感染拡大《かんせんかくだい》のため、会えなくなった今は、離《はな》れた場所から文字で意見を交わしたり、季節《きせつ》を感じる花や草木の画像《がぞう》を送ったりして友情《ゆうじょう》が深まっていることをお互《たが》いに感じています。

挿絵《さしえ》は学生時代の友人出雲滋子《いずもしげこ》さんが描《か》きました。この作品を書き直すたびに何度も添削《てんさく》してくれたのは、悦子さんご本人です。

この本を読んでいただいたみなさんに、ＡＬＳについて少しでも関心をもっていただき、わずかに動く目の動きだけでも人の交流を大事にして一日一日を大切に生きている人がいることを知っていただけたらと思っています。
また、多くの難病やさまざまな障がいのあるひとに優《やさ》しい目を向けていただけたら幸いです。

悦子さんがこの絵本の出版《しゅっぱん》に寄《よ》せて、書かれていたことを最後《さいご》に伝えます。
「ＡＬＳであっても人格的《じんかくてき》な交流には何の変化《へんか》もなく、以前のままの友情が、いや以前にも増《ま》した友情がもてることを知っていただきたいと思います」。

二〇二〇年八月

鷲見　環

悦子さんの自宅でミニ同窓会

作　すみ　たまき（鷲見　環）
1957年滋賀県米原市生まれ。虎姫高等学校、滋賀大学教育学部卒業。2018年まで県内特別支援学校等に勤務。大学時代に洗礼を受けたクリスチャンの悦子さんとは、高校・大学の同級生。

絵　いずも　しげこ（出雲　滋子）
1957年滋賀県長浜市生まれ。虎姫高等学校、滋賀大学教育学部卒業。2008年まで公立中学校（美術）に勤務。趣味：日本画、針穴写真、レジンアクセサリー制作など。

ALSのおばちゃんの話
えつこさんとムラサキ公園

2020年10月18日　初版　第1刷発行

作――――すみ　たまき

絵――――いずも　しげこ

発行――――サンライズ出版
〒522-0004 滋賀県彦根市鳥居本町655-1
TEL.0749-22-0627　FAX.0749-23-7720

印刷――――サンライズ出版株式会社

ISBN978-4-88325-703-4 C8093
乱丁・落丁本は送料弊社負担でお取り替えいたします。
定価は表紙に表示しています。
本書は電子書籍も刊行しています。